the shining moments
闪耀的時光

STORY & ART by
LOSZEHAHA.

CONTENTS

CHAPTER 1

希望大家期待。

而我，距離這個目標還有點遠⋯⋯

12

13

冷靜點冷靜點！
再計算清楚！

大件事了！

六個月後
將墜落到
鎮上……

17

19

21

很擔心呢。

已派人四出尋找，但一直下落不明。

了無音訊快四個多月。

我一直都閉關在家做研究……

有傳言他死了，又謠傳他曾在鎮外的小屋裡出現……

CHAPTER ✦
2

ZOOOM

他的氣味都
停在這裡？

bababapa

tick tock tock
tock tick tock tick
tick tock tick tock tick tock tick tock

tick tock tick tock tick tock tick tock tick tock tick tock ticktock

歡迎光臨！
請問有什麼
幫到你？

我來找
人的！

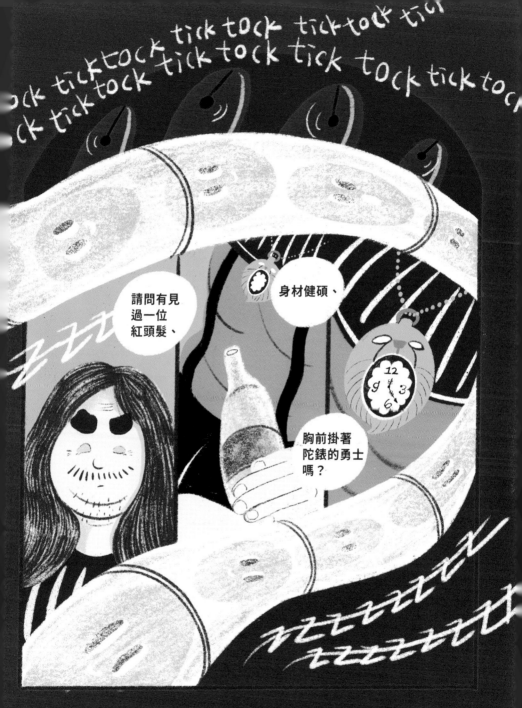

41

CHAPTER 3

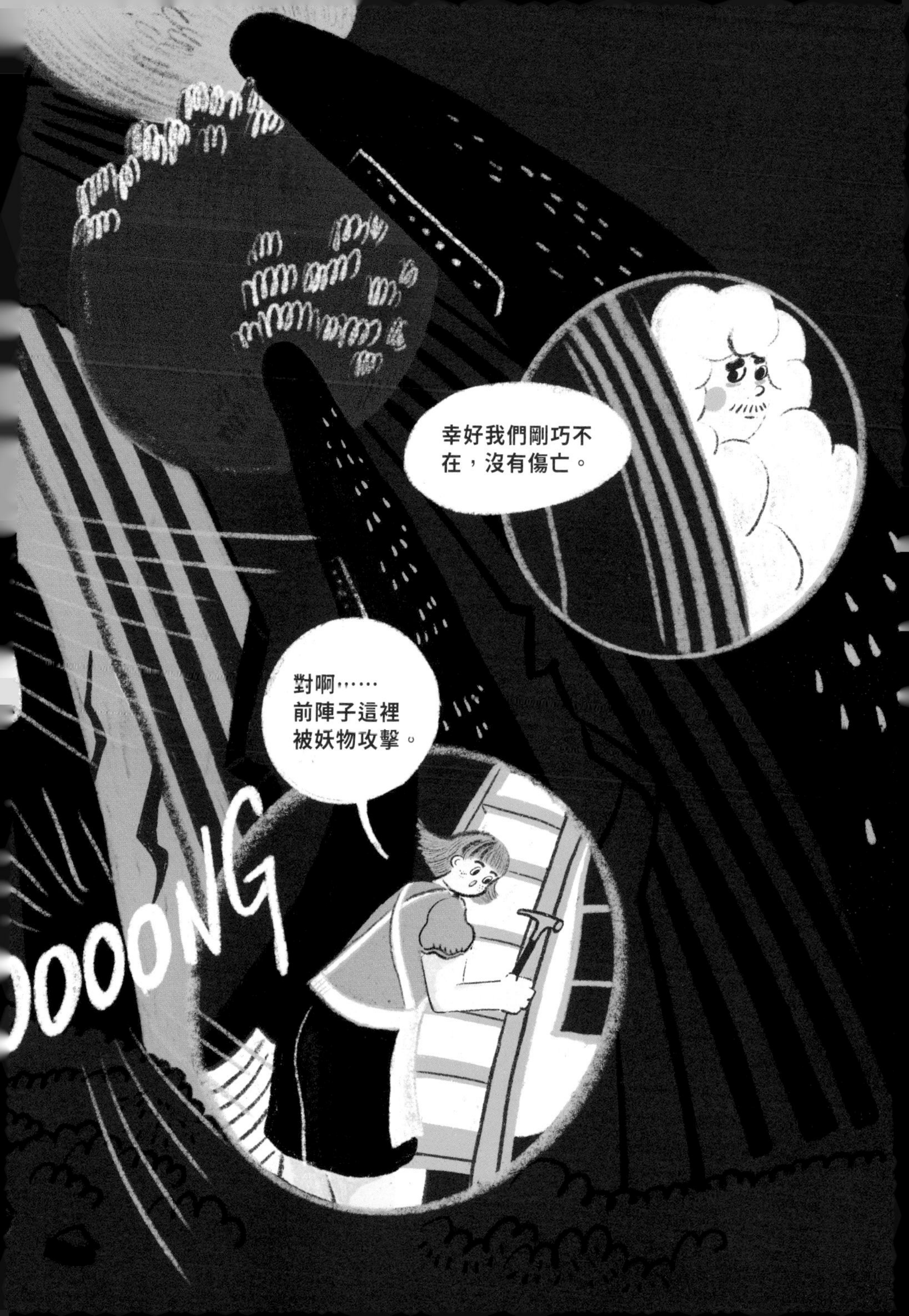
幸好我們剛巧不在，沒有傷亡。
對啊……
前陣子這裡
被妖物攻擊。
OOOONG

可惡……
妖物竟然
走到這裡
來……

DOOOOONG

沒辦法。

他們近來都橫
行霸道，附近
一帶的鎮民都
受到影響，無
一倖免。

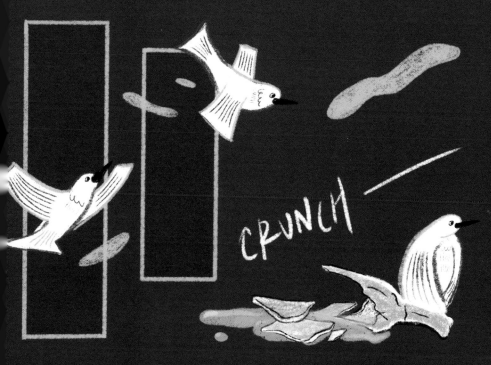

CRUNCH

67

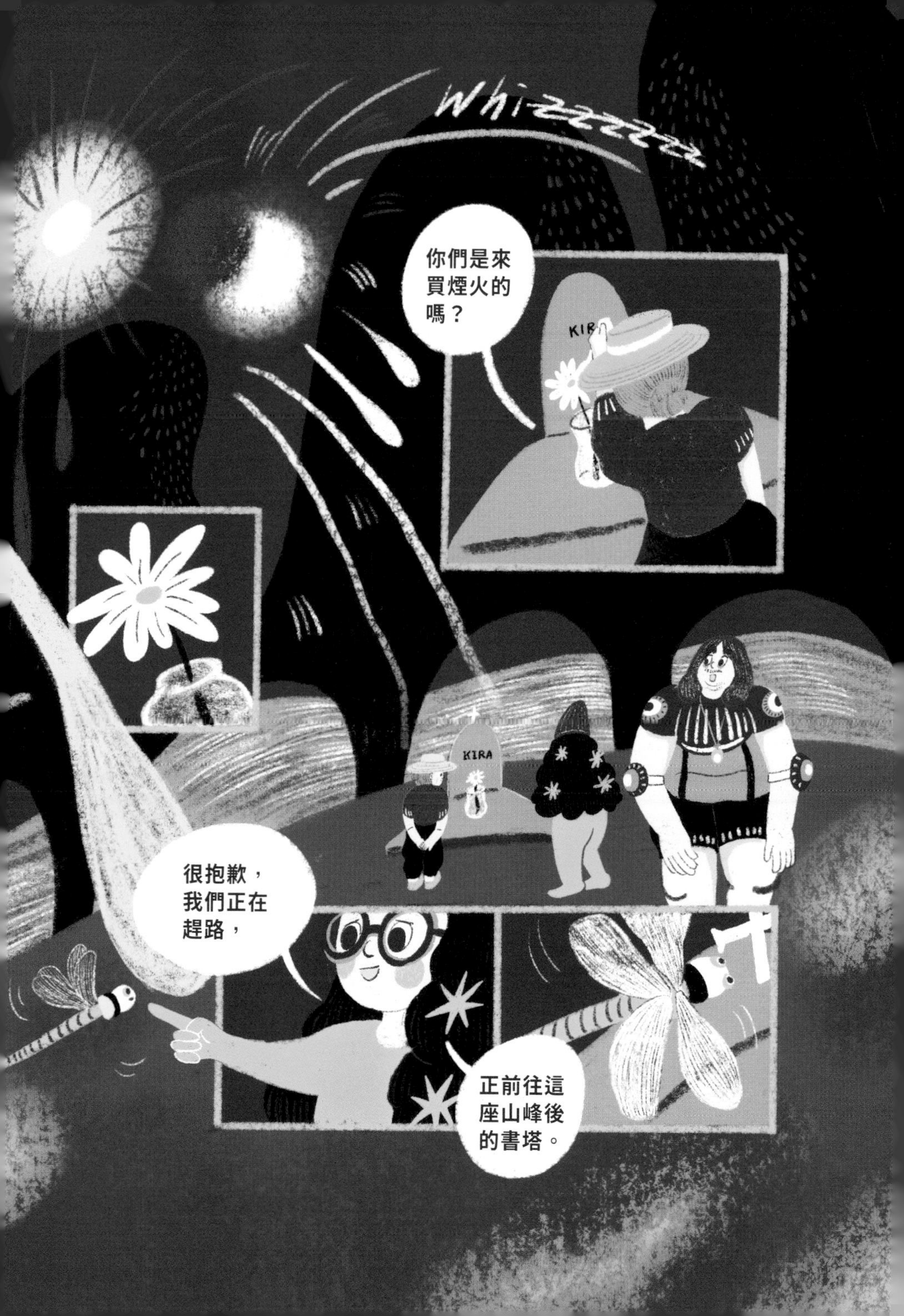
Whizzzzzz
你們是來買煙火的嗎？
KIRA
KIRA
很抱歉，我們正在趕路，
正前往這座山峰後的書塔。

但煙花要待好天氣才可以放啊……

為何繼續在這裏生活？

何況煙火是你的家族生意，不會很受影響嗎？

這是我的孫女Kira……

我們在這裡生活多年，有著很多珍貴回憶。

數月前，這裡被妖物襲擊，Kira為了保護我……犧牲了性命……

86

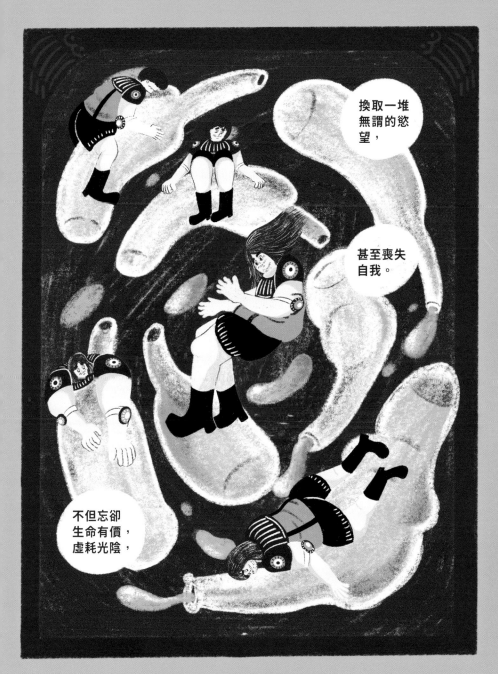

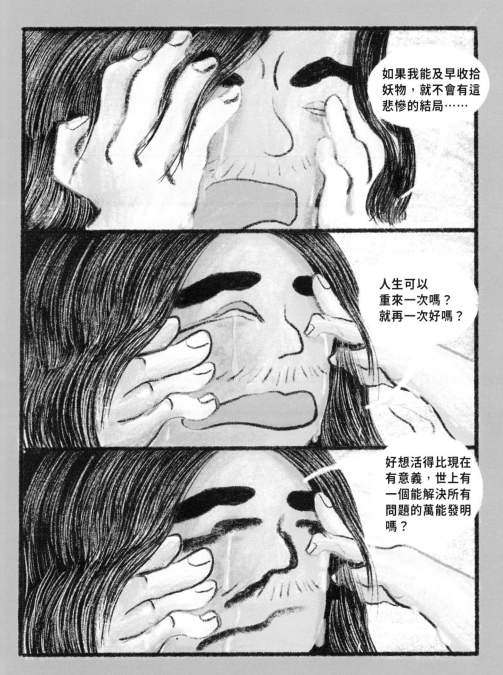

一場難以忘懷的煙火

照亮了佑希灰暗的內心

燃點起他已熄滅的勇氣

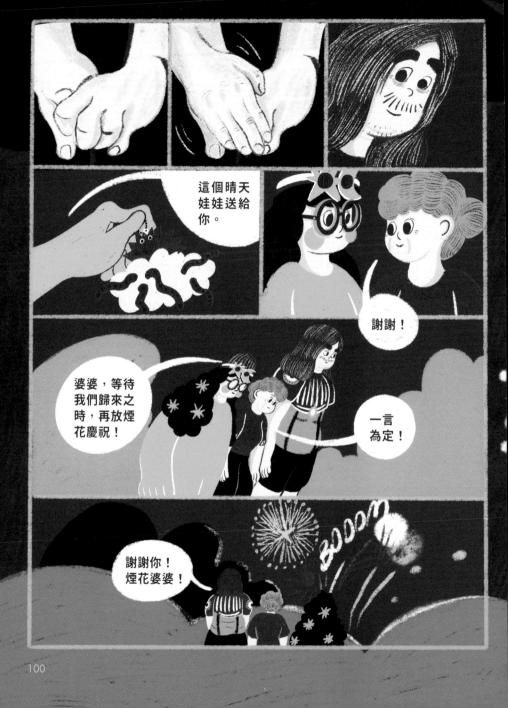

時光飛逝 日月如梭

時間為我們的默契和感情 加了一點深度

107

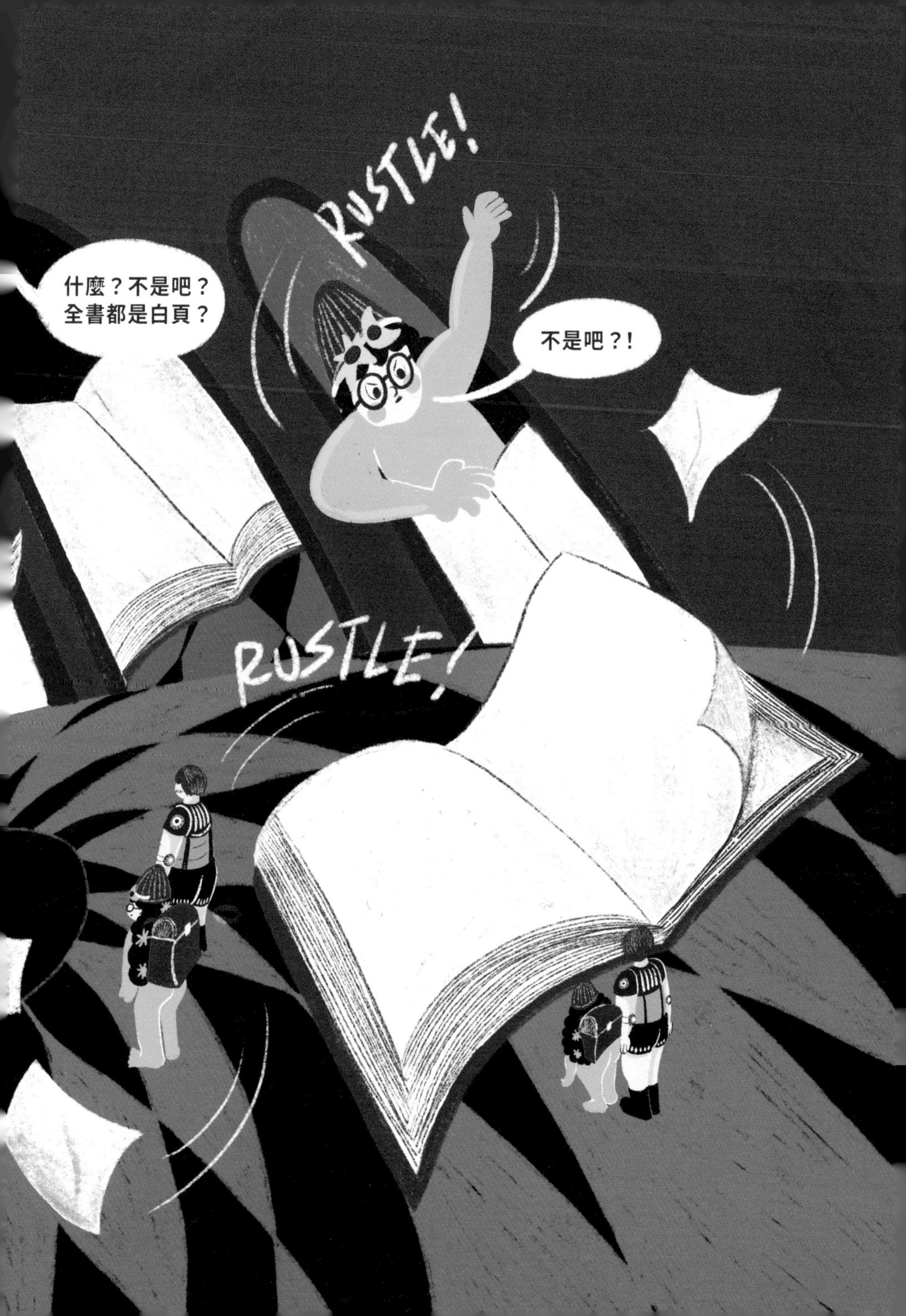
RUSTLE!
什麼？不是吧？
全書都是白頁？
不是吧？!
RUSTLE!

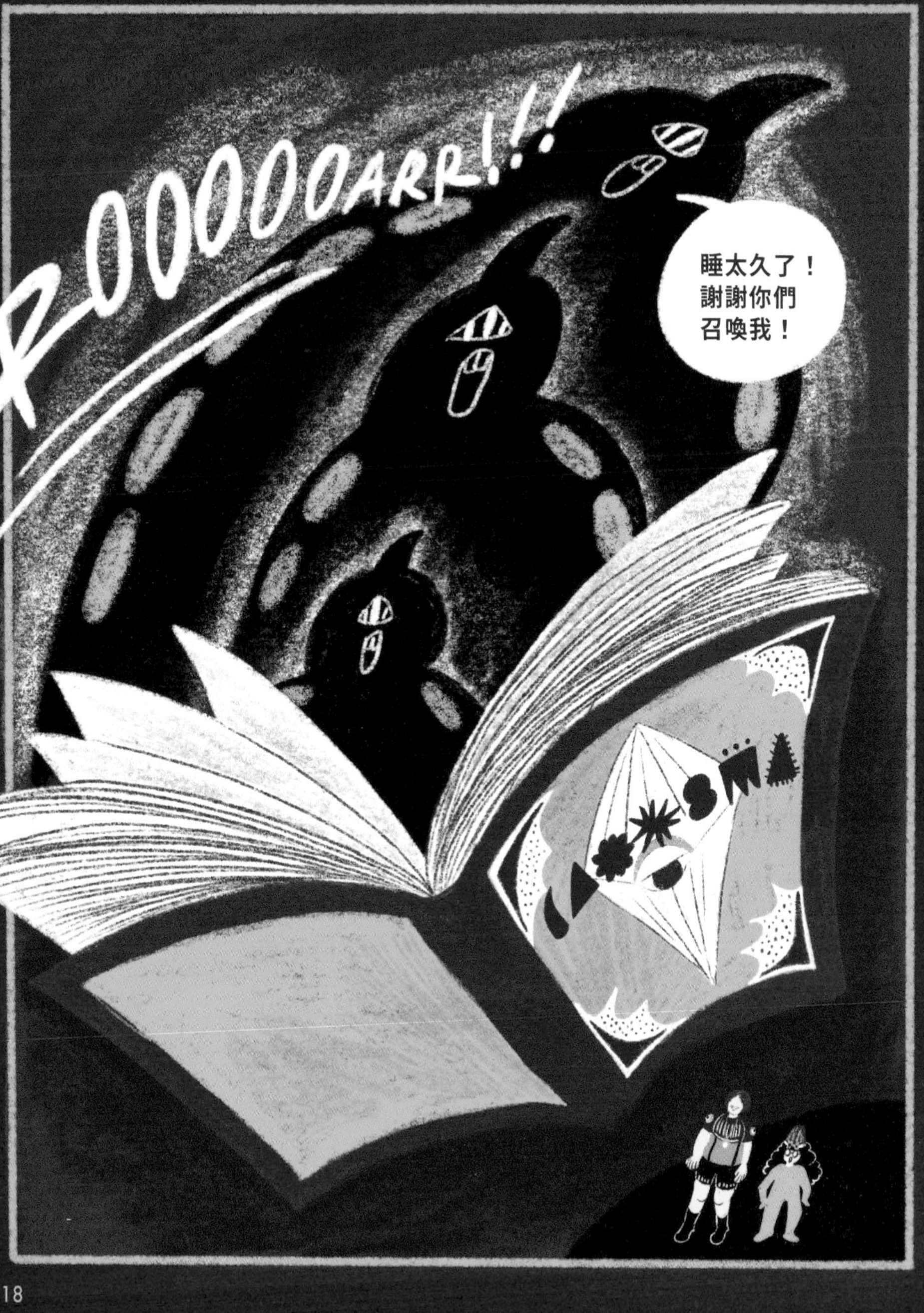
R-OOOOOARR!!!
睡太久了！
謝謝你們
召喚我！

120

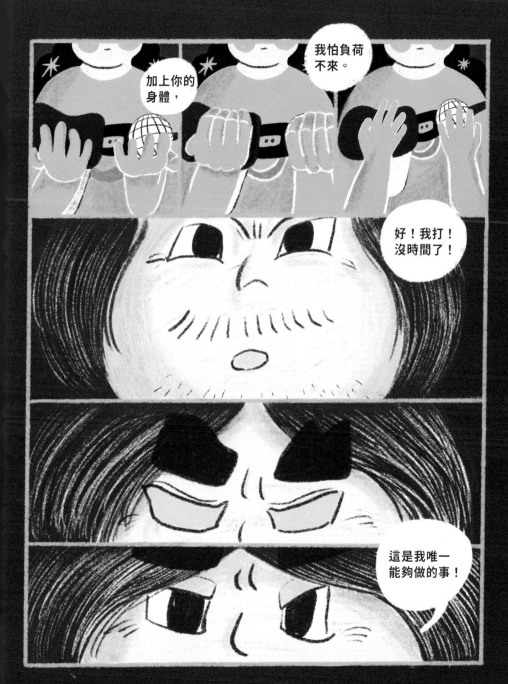

122

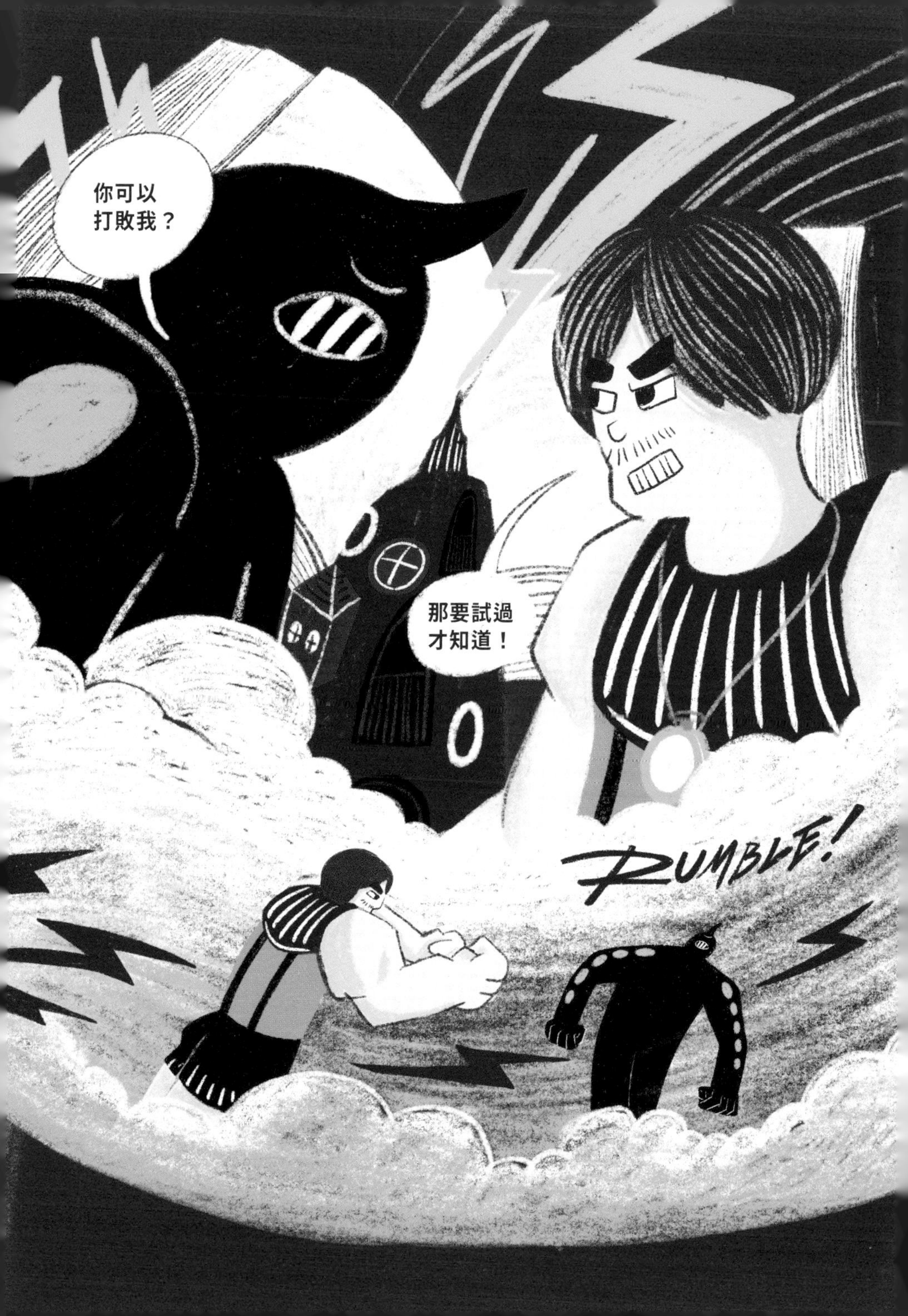
你可以
打敗我？
那要試過
才知道！
RUMBLE!

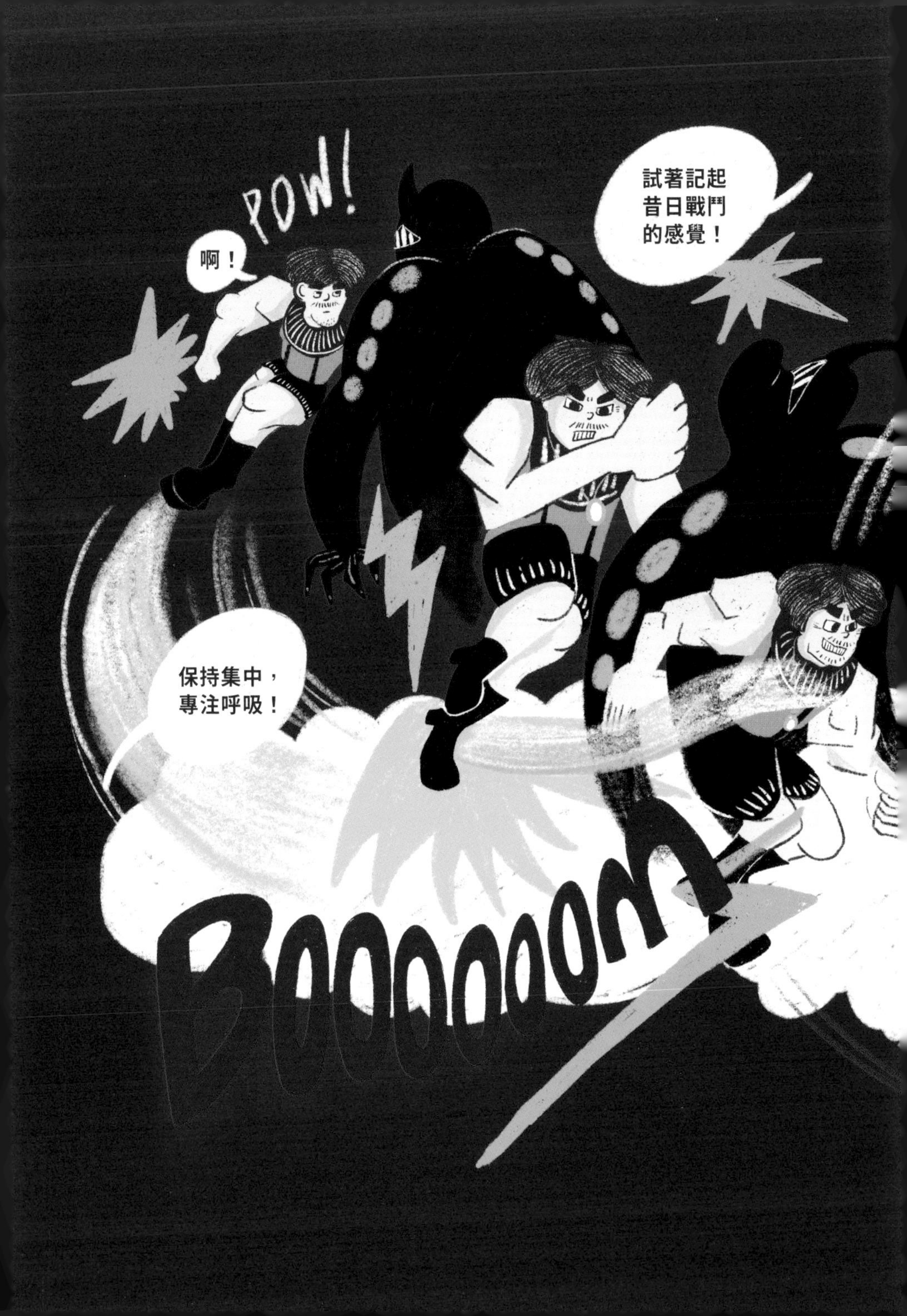
POW!
啊！
試著記起
昔日戰鬥
的感覺！
保持集中，
專注呼吸！
BOOOOOOOM

是出乎意料的結果啊！

呼～呼～很久沒有這樣動了！

我真是沒用呢？！

真的累了，肌肉都在發燙似的……

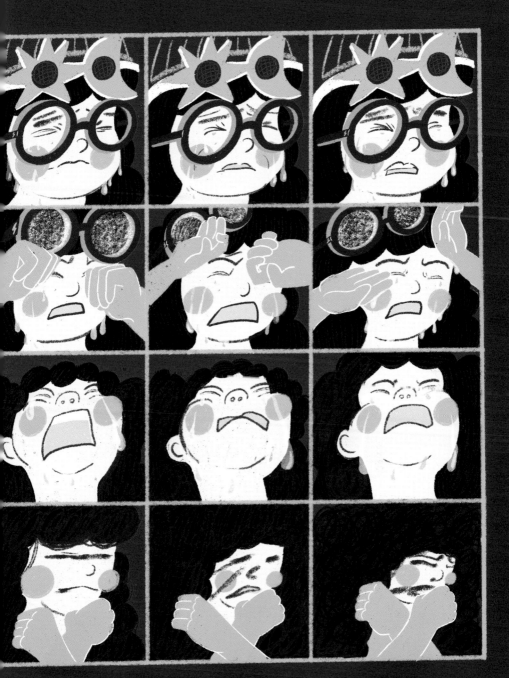

時光既輕快 又沉重

默不作聲地帶著痕跡劃過

我們看似主動

同時也被動得很

無論停步　起行　急跑或是慢走

在無限流動的時空中

我們像被流放荒野的毛蟲

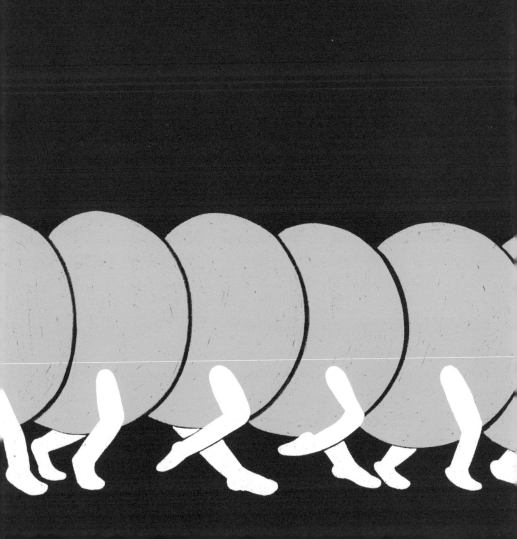

CHAPTER

6

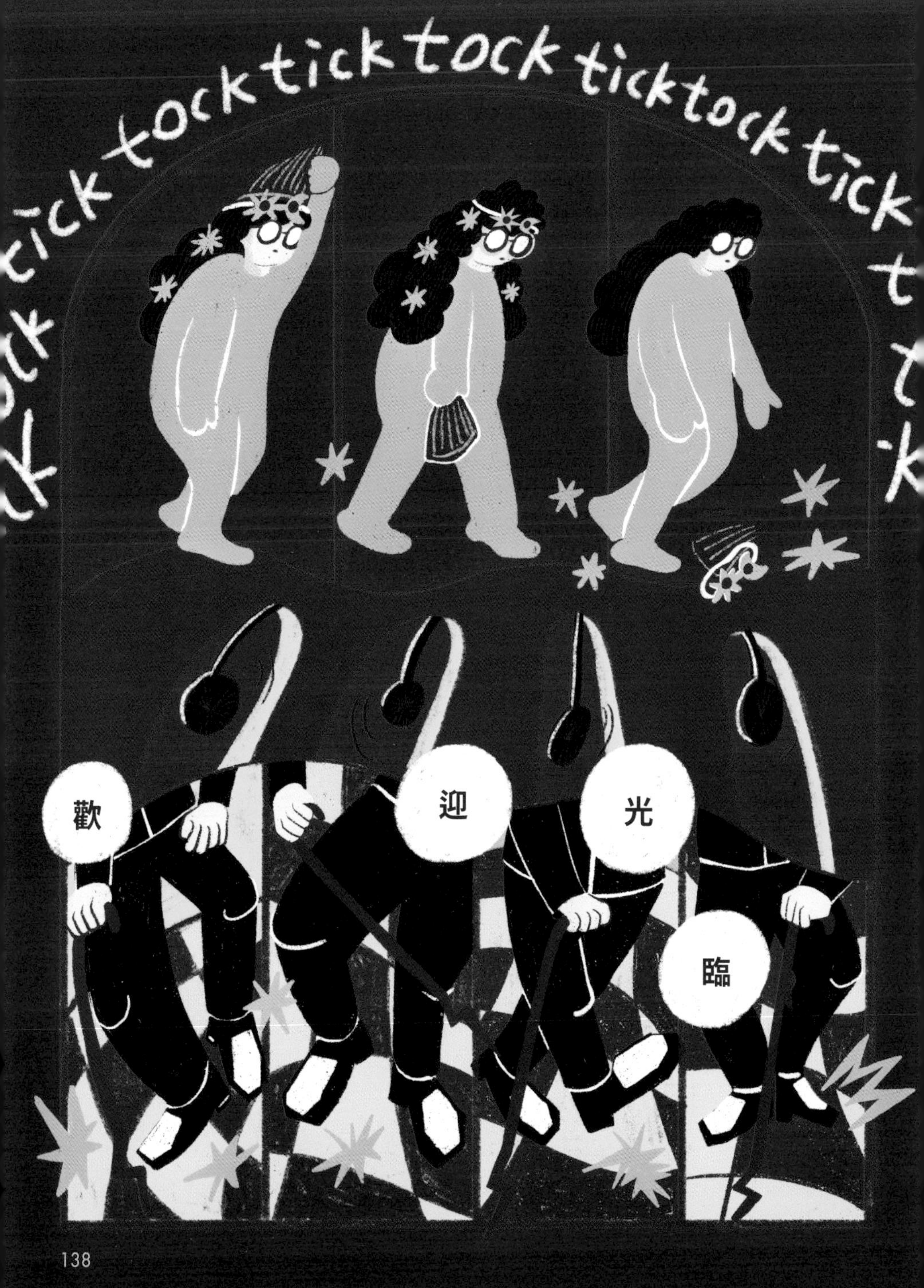

ck tick tock tick tock tick tock tick t t -k
歡
迎
光
臨

139

tick tock tick
他已經死了……
最後還選擇自我犧牲。
發生什麼事？初時還好好的。
為什麼要利誘他？
你到底要拿走別人多少時光？
tick

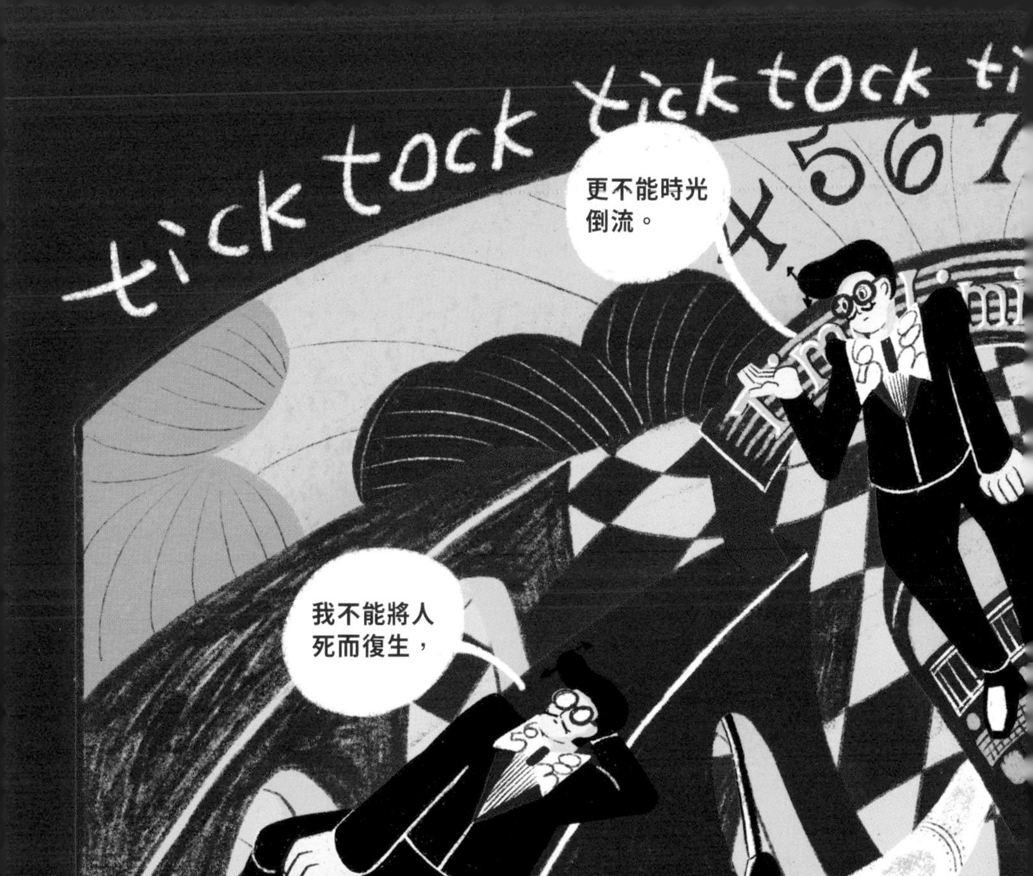
tick tock tick tock ti
我不能將人死而復生，
更不能時光倒流。

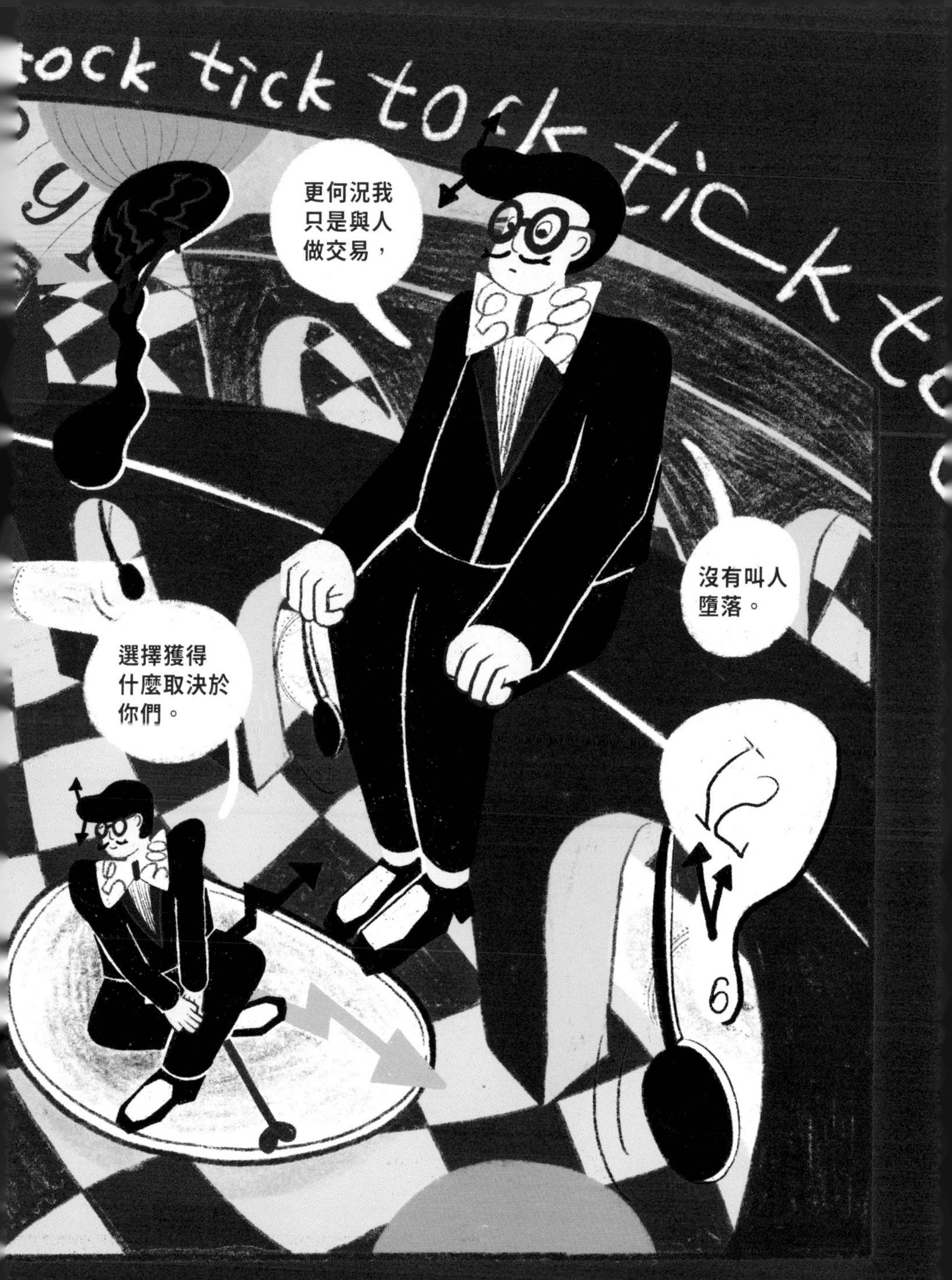
tock tick tock tick tock
更何況我只是與人做交易，
沒有叫人墮落。
選擇獲得什麼取決於你們。

是你由衷地追求
的事物嗎？你應
該最清楚吧？
時光的寶貴
不在於做著
「別具意義」
的事，
ck tock tick tock tick tock tickto
你到現在
還未明白？

147

tick tock tick tock tick tock tick tock tick tock tick tock tick tock
我要……
能把隕石擊落的形式！
Chink

152

ticktock ticktock ticktock tick
抱歉！
時日無多了！
祝我成功！
tap tap!
tap
tap

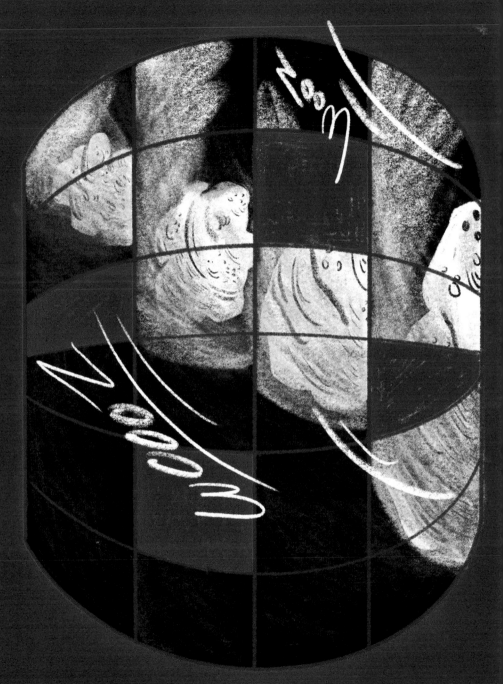

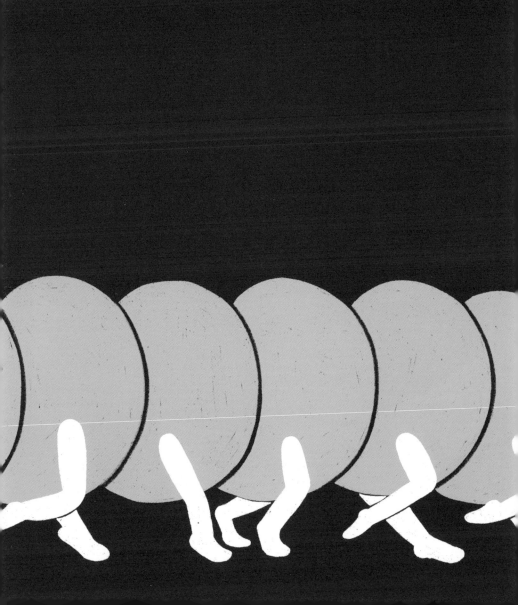

158

是從我們彈指間 一滴一滴漏走的時光吧

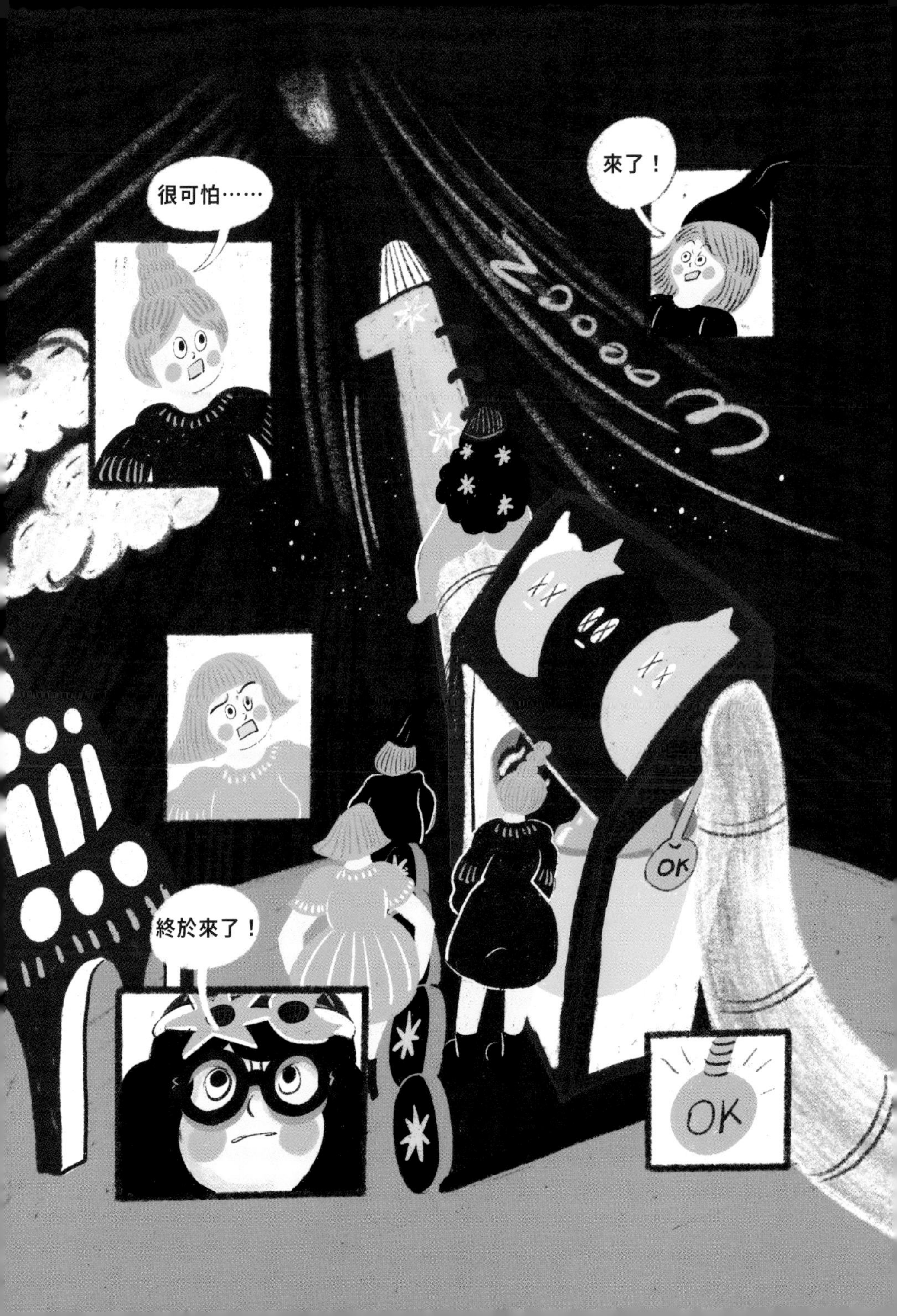
來了！
很可怕……
終於來了！
OK
OK

tick tock tick tock tick tock tick tock tick tock tick tock tick tock tick tOCK
你來幹
什麼？
我來
賠罪的。

175

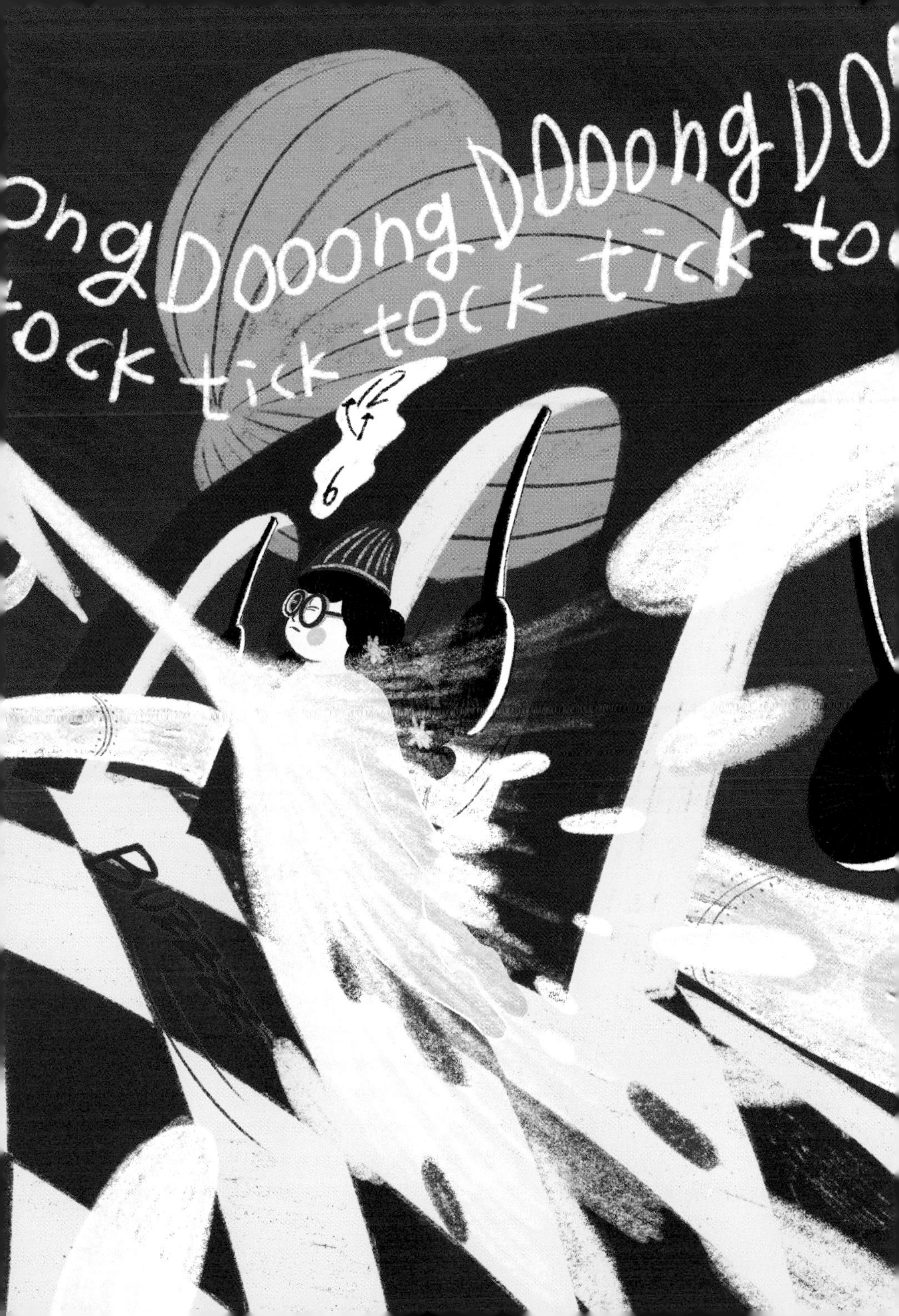
ong Doooong DDDong DO
ock tick tock tick to

謝謝你，
佑希。

180

活在變幻無常之中

願我們都能泰然自若地站在時光裂縫上

享受光滲進來的瞬間

勇敢地　無悔地　微笑

the
shining
moments
闪耀的8时光

AFTERWORD

　　《閃耀的時光》終於來到製作尾聲，回想起由準備參加
港漫動力開始，數數手指，原來都經歷了大半年時間，是比佑
希跟梓歌歷時更長的旅程（笑）。很感恩遇上整個製作團隊，
包括和我一起構思故事的 Kingsley，監製的肥佬；協助出版
的格子出版社，負責美術設計的 Nikkie，校對的 Patty，還有
分享寶貴意見的黎達達榮老師與小雲老師，有著各位的協助和
鼓勵，《閃耀的時光》才能順利誕生，感激不盡！同時也感謝
香港動漫畫聯會及文創產業發展處給予機會，好讓我能參加是
次計劃獲得資助，整個過程獲益匪淺。

　　這是我第一部編繪的單行本漫畫，也是第一次創作長篇
故事。比起去年出版的短篇漫畫多了不少挑戰，要在有限的
時間內創作完整流暢的長篇故事，真是毫不簡單呢（煙）～
故事起緣自編劇們曾經的傷痛，在面對過的各種挑戰與挫折，
我們都透過成長讓傷口結痂，想藉此機會勉勵他人，希望這部
漫畫能擁抱被難關折騰得傷痕纍纍的你，為你們在逆光中輕聲
打氣，帶來微小的力量。

最後謝謝我的家人，感恩有你們成為我的後盾，包容我把工作帶回家中，在閉關的四個多月裡，悉心照顧我的起居飲食，讓我猶如港孩一樣（笑），也不曾埋怨我在家族旅行中，趕忙地準備參加這次計劃的初稿，不勝感激！謝謝男友，好友 sssss 和戰友的開解、打氣、支持、包容及鼓勵。謝謝購買及閱畢全書的你，多多指教，希望大家喜歡我的作品。我會繼續努力，像梓歌一樣，創作著喜愛的發明。

萬物都帶著限期來到世上，願我們能在有限的時光中，捉緊當下，享受痛苦和快樂。

2024 年 5 月 25 日